Im Stadthaus der Herzogin

Eine Geschichte von Spionage und Liebe

Im Stadthaus der Herzogin

Eine Geschichte von Spionage und Liebe

Benedikta zu Stolberg © 2021

Bibliografische Information der Deutschen Nationalbibliothek: Die Deutsche Nationalbibliothek
verzeichnet diese Publikation in der Deutschen
Nationalbibliografie; detaillierte bibliografische
Daten sind im Internet über dnb.dnb.de abrufbar.

© 2021 Benedikta zu Stolberg, Husum
benediktazustolberg@t-online.de
Coverdesign: Victor zu Stolberg, Hamburg
Satz, Herstellung und Verlag: BoD – Books on
Demand, Norderstedt
ISBN: 9783754395271

Der Reisetag war einer der heißesten in diesem Juni, deshalb hätte er sich gern erst ein wenig frisch gemacht, bevor er der Herzogin gegenübertrat, aber dafür war es zu spät. Nachdem sein Reisebegleiter, der Friedrichstädter Organist und Musikdirektor Bendix Lorenzen und er das Gottorfer Land verlassen hatten, waren sie an der ersten Weggabelung abgestiegen und hatten die Pferde im Bach getränkt. Während sie ihr Frühstücksbrot verzehrten, verwickelten sie sich in ein langes Gespräch über Noten, Rhythmen und die Musikliebe der Gottorfer Herzöge. So war John viel zu spät in Husum eingetroffen. Dabei wusste er, dass die Herzogin, so nachsichtig sie mit den meisten Schwächen ihrer Untergegebenen war, ausgerechnet Unpünktlichkeit nicht duldete. Als er mit einem flauen Gefühl im Magen das Stadthaus betrat und Mogens von Plessen ihn stirnrunzelnd empfing und eilig die Treppe hinaufführte, versuchte

John, sich innerlich gegen eine Standpauke der Hausherrin zu wappnen. Das Durchatmen fiel ihm schwer, einerseits weil er erschöpft war, andererseits weil das Haus beißend nach Farbe und Firnis roch, der Innenausbau war gerade erst vollendet worden. John betrat den Empfangssaal im oberen Stockwerk und ließ den Blick über den mit bunten Fliesen belegten Fußboden, die goldgestanzten Ledertapeten und die imposante Stuckdecke schweifen, er schritt zu dem breiten Eichentisch voran und verbeugte sich.

„Meister John Dowland, spät, sehr spät, aber immerhin nicht unter die Räuber gefallen, sondern augenscheinlich bei guter Verfassung." Mit dem Anflug eines Lächelns streckte Augusta ihm die Hand zum Kuss hin. John bog das Knie und senkte den Kopf, ließ seine Lippen knapp über dem funkelnden Ring an ihrem Finger schweben. „Mogens, lassen Sie meinem Gast frisches Wasser und einige französische Kringel bringen, er sieht hungrig aus." Sie zog die Hand zurück, wies John einen Platz an und zeigte auf die Personen, die ihr gegenüber am Tisch saßen. „Darf ich vorstellen? Das ist die Husumer Bürgerin Anna Ovena Hoyers, neben ihr sitzt Nicolaus Teting, derzeitiger Hauptpastor in unserer schönen Kirche Sankt Marien." John begrüßte die beiden. Die junge Frau war sehr blass, auf ihren Wangen glänzten Tränen und sie seufzte hörbar, während sie den Gänsekiel aus der Hand legte und ihr Gesicht mit einem weißbestickten Tuch wischte. Ein großformatiges Dokument lag ausgerollt auf dem gewachsten Eichentisch, bereits mit Augustas Zeichen, den Lettern „HA" gesiegelt. Mit geübtem Blick erkannte John, dass es sich um einen Pfandbrief handeln musste. Nun, dass Bürger ihr Hab und Gut verpfändeten, wenn sie Steuern oder ähnliche Abgaben nicht entrichten konnten, kam oft vor, aber dass ein solches Geschäft in Anwesenheit eines Pastors abgewickelt wurde, war eher ungewöhnlich. Doch es blieb keine Zeit, sich weitere Gedanken über die Hintergründe des seltsamen Geschehens zu machen.

„Meine liebe Anna, mein guter, verehrter Teting, es ist genug für heute. Wir vervollkommnen unser Werk ein anderes Mal, ich werde Sie rufen lassen." Beinahe liebevoll verabschiedete Augusta die bedrückte Frau, die sich jetzt mühsam zu fassen versuchte, und wies den ebenso unfroh dreinblickenden Pastor Teting mit einer Handbewegung an, das Dokument in einem Schrank zu verstauen. Nachdem die beiden die herzogliche Amtsstube verlassen hatten, trat Augusta an eins der drei niedrigen Fenster und sah auf den Marktplatz hinunter. „Da geht sie, armes Mädchen, läuft offenen Auges in die Irre", murmelte sie kopfschüttelnd und John trat verlegen von einem Fuß auf den anderen. Bevor er sich eine angemessene Antwort überlegt hatte, kehrte Mogens mit einem Tablett, zwei Gläsern und einer Flasche dickflüssigen Ports sowie einer Schale voll knusprigem, weißem Gebäck zurück. Nachdem sie die Gläser erhoben hatten, fragte Augusta: „Nun, Meister Dowland, wie gefällt Ihnen mein neues Amtshaus? Haben Sie schon einen Blick zur Decke geworfen?" John nickte, beugte aber pflichtbewusst noch einmal den Kopf in den Nacken und sah sich um. Die Decke war in acht Fächer aufgeteilt, jedes wurde von lebensgroßen Früchten und üppigem Blattwerk begrenzt, in der Mitte stieg ein Phönix aus Feuerflammen auf, in seinem Schnabel trug er einen wesentlich kleineren Vogel. Augenblicklich erkannte John, um welches Tier es sich handelte: Es war die Taube aus dem Gedicht von William Shakespeare „Der Phönix und die Turteltaube". Der Dichter war ein enger Freund von Augustas Vater gewesen, dessen in Dänemark gelegenes Schloss Kronborg zu Shakespeares Hamletschloss geworden war. Die Herzogin hatte den bedeutendsten aller englischen Poeten schon als Kind kennengelernt und die Darbietung von „Romeo und Julia" durch die „Shakespeare Company" auf Schloss Gottorf gesehen. An diesem großen Tag war John selbst dabei gewesen, es war eine Aufführung, wie keine andere: Außer Rand und Band belagerten die Schleswiger Bürger das Schloss Gottorf, sie versuchten sogar, Zäune und Absperrungen zu stürmen, alle wollten den großen Meister und seine Theaterkunst sehen.

„Ist diese Stuckarbeit nicht entzückend? Erstaunlich, was der Künstler aus Lehm, Kälberhaaren und Kalk gezaubert hat, oder? Sehen Sie, John Dowland, wie der Feuervogel aus der Asche steigt und sich mit der Geliebten vereint? Wahrheit und Schönheit, deren Liebe das Gute erzeugt. Dazu das zierliche Blattwerk, die mit Kernen gefüllten Kürbisse und Granatäpfel. Pure Lebenslust, wie ihn der große Dichter selbst gelehrt hat. Ein Grundsatz, den wir alle auf unser Leben anwenden sollten, allzu schnell ist es vorbei. Nur nicht zurückschauen, nicht stehenbleiben und nichts zu schwer nehmen, stimmen Sie mir zu, Musikus?" Er nickte und bewunderte die feine Ausführung der Stuckdecke.

„Die Arbeit wurde von Johannes Rittel aus Hessen angefertigt, ebenso wie die Decke meines Prunksaals drüben im Schloss." Schweigen trat ein, denn es war klar, dass John diesen Saal niemals zu Gesicht bekommen würde. Einem Mann ohne Adelstitel war es nicht erlaubt, das Schloss zu betreten, sein Zugang endete im abgetrennten Wirtschaftsteil des Nordwestflügels. Auch bei diesem Aufenthalt in Husum würde er wieder dort nächtigen, in einem engen

Raum unweit der Küche. Mit Abscheu dachte er an die vorhergehenden Besuche: Noch auf dem Schiff nach England hatte seine Kleidung nach Wildschweinrücken in Rotweinsauce und gebratenem Fasan gerochen. Für Besprechungen mit Menschen wie ihm hatte die Herzogin das Stadthaus gebaut, im Schloss empfing sie nur Adlige und hohe kirchliche Würdenträger.

„Ist auf Gottorf alles in bester Ordnung? Berichten Sie von meinem Sohn, wie geht es Friedrich?"

„Er lässt Sie herzlichst grüßen." John zog einen Brief aus der Tasche und legte ihn in Reichweite der Herzogin auf den Tisch.

„Allerdings ist Euer Sohn ein wenig ermattet, wie es scheint, hat die Neugründung von Friedrichstadt an seinen Kräften gezehrt. Was bezweckt er mit diesen Stadtgründungen, erst Glückstadt, jetzt Friedrichstadt?" Augusta lachte hell auf und John sah, dass das Grübchen in ihrem Kinn noch tiefer geworden war. Seit seinem letzten Besuch war sie insgesamt fülliger geworden, aber es stand ihr. Unter dem sanften Schwung der ausgezogenen und dünn aufgemalten Brauen blickten ihre blassgrauen Augen ihn schalkhaft an. Ihre schmale Nase reckte sich an der Spitze ein wenig keck in die Luft, die Lippen verzogen sich zu einem mokanten Lächeln, selbst ihre vollen Wangen und das Doppelkinn sowie die Rundung ihres Schulteransatzes machten ihre Erscheinung weich und anziehend. Jedoch beobachtete er sie nur mit seinem Künstlerblick, er sah in ihr nicht die Frau, sondern die Herzogin, etwas anderes interessierte ihn nicht. Er liebte nur seine Lorna, aber möglicherweise würde die große Dame wieder darauf bestehen, dass er ihr ein Lied widmete, deshalb war es wichtig, jede Veränderung an ihr wahrzunehmen und in seine Komposition einfließen zu lassen.

„Zerbrechen Sie sich nicht den Kopf über die Pläne meines Sohnes, Meister Dowland. Die kennt niemand außer ihm selbst und seine engsten Berater, vielleicht nur Magister Adam Olearius. Aber warum reiten Sie nicht einfach rüber nach Friedrichstadt und schauen sich das neue, wohlgestaltete Städtchen mit eigenen Augen an? Wie wäre es, wenn Sie morgen einen Ruhetag einlegen und übermorgen aufbrechen? Mogens wird alles Nötige veranlassen." John nahm diesen Vorschlag nur zu gern an, dann konnte er sich mit eigenen Augen ein Bild machen. Der Duke of Buckingham hatte es ihm nachdrücklich auf Hirn und Herz gebunden: Die wichtigste Aufgabe deiner Reise nach Husum ist es herauszufinden, welche Absichten der Herzog von Schleswig-Holstein-Gottorf mit diesen Neugründungen verfolgt. Der Hafen von Tönning so nah ... die Überfahrt nach England nicht mehr als eine knappe Tagesreise ... gar nicht auszudenken, wenn ...

John fuhr aus seinen Erinnerungen auf und wandte sich seiner Umhängetasche zu, sie hing an der Stuhllehne. Beinahe hätte er das Geschenk für die Herzogin vergessen. Er legte ein Paar Handschuhe aus weichem, rotem Ziegenleder auf den Tisch und ein Bündel zum Ring gebundener Lautensaiten, beides Bestellungen der Herzogin, die er aber auf Rat des Duke of Buckingham nicht mit auf die Rechnung für die übrigen Dinge gesetzt hatte.

„Eine Kleinigkeit für Euch, Hoheit", kokett schob er die Gegenstände in ihre Richtung.

„So hübsche englische Handschuhe, ich danke Ihnen, John Dowland." Augusta ließ ihre Hand mit dem goldenen Ring und dem walnussgroßen, herzförmigen Diamanten einen Augenblick auf den Handschuhen ruhen, dann nahm sie sie auf und schlüpfte betont langsam hinein, sie passten wie an-gegossen, die Herzogin drehte und wendete die Hände vor ihren Augen. Dann hob sie die Lautensaiten auf und ließ sie prüfend durch ihre Hände gleiten. „Ausgezeichnet. Hier bekommt man diese Qualität nicht, Sie wissen ja." Sie reichte die Saiten ihrem Kammerherrn, der während des Gesprächs mit unbewegtem Gesichtsausdruck hinter ihrem reich geschnitzten und dick gepolsterten Lehnstuhl stand, und lächelte zu ihm auf: „Mogens, bringen Sie meinen Gast auf sein Zimmer und lassen Sie ihm ein ordentliches Essen vorsetzen." Sie wandte sich wieder John zu. „Sie sehen ein wenig müde aus. Waschen Sie den Staub der Landstraße ab und ruhen Sie sich aus, wir sehen uns Sonntag, wenn sie aus Friedrichstadt zurückgekehrt sind. Ich wünsche einen guten Abend."

Auch nachdem er sich abgeseift hatte, schwitzte John immer noch unerträglich. Mogens hatte ihm erzählt, dass man nie zuvor eine solche Hitze in Nordfriesland erlebt hatte. Selbst die sonst immer frische Brise von der Nordsee her schien sich für eine Sommerpause auf eine der Halligen zurückgezogen zu haben. Zwar war Johns Zimmer durch die dicken Mauern des Schlosses und aufgrund seiner Lage nach Norden hin eigentlich einigermaßen kühl, aber die heißen Dämpfe aus der Küche sowie der Geruch nach fettem Braten ließen ihm den Schweiß in die Augen rinnen. Er legte sein Schreibzeug zur Seite, den Bericht für den Duke konnte er auch in der Nacht fertigstellen, wenn es hoffentlich etwas kühler und die Küche endlich geschlossen war.

Auch der nächste Tag brachte keine Abkühlung und da es ein Samstag war, lief der Betrieb in der Schlossküche auf Hochtouren. Gegen Mittag verließ John das Kavaliershaus und ging in den Schlosspark.

Nach einer Weile verlief er sich in den schattigen Laubengängen und fand sich im Wirtschaftsteil wieder, zwischen Zwiebel- oder Karottenbeeten und Klettergerüsten für Erbsen und Bohnen. Hinter einem der zahlreichen Gewächshäuser trat eine Person hervor, erst glaubte er, es sei der Gärtner, aber mit Erstaunen erkannte er die Herzogin. John schaute sich um, wo war ihr Gefolge? Weit hinten im Lustgarten machte er Hippolita aus, aufgeregt huschte sie hin und her, blieb immer wieder stehen und balancierte auf den Zehenspitzen, die Hand über den Augen, als versuche sie zu beobachten, was im Gemüsegarten vor sich ging. Augusta war allein, mit forschem Schritt trat sie auf John zu. Sie trug ein weißes, spitzengesäumtes Kleid mit kurzen Puffärmeln und einem tiefen Dekolleté. In der linken Hand hielt sie zum Schutz gegen die pralle Sonne einen kleinen Schirm aus demselben Stoff wie dem ihres Kleides. John blieb stehen und kniff die Augen zusammen, sie stand im Gegenlicht.

„Meister John! Hat man Ihnen nicht genug zu essen gegeben, müssen Sie hier im Wirtschaftsgarten Karotten ausgraben?" Er lachte brav und verbeugte sich. Augusta streckte ihre hohle Hand vor und bot ihm von den Himbeeren an, ihr weißer Handschuh war voller roter Flecken. „Halten Sie sich an diesen Köstlichkeiten schadlos, nur zu, bedienen Sie sich! Und wenn Sie wieder bei Kräften sind, gehen Sie ein Stück mit mir spazieren, allein langweile ich mich nur." Er nahm eine der Beeren und trat an ihre linke Seite. Sie verließen den Gemüsegarten und gingen unter blühenden Jasminbüschen dahin, der Duft der weißen Blüten vermischte sich mit dem Geschmack der Himbeeren und John dachte, dass der Sommer so etwas wie ein Vorgeschmack auf das Paradies sein musste, trotz der Hitze.

„John, wenn ich Sie so ansprechen darf, ich hatte meine ersten Lautenstunden bei Ihnen und Sie wissen, wieviel Gefallen ich an diesem Instrument gefunden habe. Es schenkt uns Töne in großer Vielfalt, von Frohsinn über Gleichmut bis zur schwerblütigen Traurigkeit gibt es alles her, was das Herz eines Menschen empfinden kann." Erstaunt wandte John den Kopf, er hatte nicht gedacht, dass sie die Musik so tief wahrnahm. „Ihr Kollege, Richard Pickerow, hat mir im letzten Jahr viel Neues beigebracht, leider ist er jetzt erkrankt und zur Pflege im Gasthaus Sankt Jürgen. Ich brauche also einen neuen Lehrer. Deshalb bitte ich Sie, am Sonntag, wenn Sie von Ihrer Reise in die neue Stadt zurückgekehrt sind, zu mir aufs Schloss zu kommen." Sie schwieg und berührte mit der Spitze ihres Schirms einen Jasminbusch in der Hecke, die den Spazierweg säumte. Blütenblätter rieselten herab, der Duft nahm John beinahe den Atem.

„Au - aufs Schloss?", stammelte er.

„Ganz recht. Ich werde im Audienzsaal auf Sie warten. Mogens oder Hippolita führen Sie herauf. Kommen Sie um zwanzig Uhr, nach der Abendmesse."

„Zu Befehl, Hoheit. Ich arbeite gerade an einem neuen Lied für Sie, wenn es bis Sonntag fertig ist, spiele ich es Ihnen vor, selbstverständlich erst, nachdem ich Ihren Darbietungen gelauscht habe."

„Lassen Sie diesen unterwürfigen Ton, John. Sind wir nicht alle Menschen, ob wir nun einen Titel tragen oder nicht? Jetzt gehe ich zurück, bevor Hippolita noch die Wache holt, weil sie denkt, mir sei auf den geheimen Pfaden des Parks Unaussprechliches zugestoßen. Guten Tag, mein Lieber."

John verbeugte sich tief, ihre Worte hatten ihn berührt. Sollte in ihr eine Künstlerseele wohnen, auch wenn sie eine Frau von Stand und Adel war? Er blickte ihr lange nach,

dann kehrte er zurück zum Wirtschaftsgarten, setzte sich in den Schatten des Gerä-
tehauses und zog ein Papier sowie ein Stück
Holzkohle aus der Hosentasche. Wie im
Traum notierte er Noten und Worte und
wusste, dass er das Lied für die Herzogin
fertiggestellt hatte, er musste es nur noch
spielen.
Voller neuer Energie verließ er den Park
und wanderte zum Gasthaus Sankt Jürgen
hinüber, er wollte selbst sehen, wie es um
Richard Pickerow stand. Als Mitglieder der
„King's Band of Musicians" waren sie bei-
de ihrem König, Charles I., unterstellt, und
seinem obersten Prinzipal des Geheim-
dienstes, dem Duke of Buckingham. Alle
Musiker hatten die löbliche Aufgabe, die
englische Kultur auf dem Kontinent zu ver-
breiten und die im Gegensatz dazu stehende
geheime Anweisung, die Herrschenden der
jeweiligen Höfe nach besten Kräften auszu-
horchen, ihre Absichten und Vorhaben zu

durchschauen und in die Heimat zurückzumelden. Selbstverständlich immer im Hinblick auf eine katholische Verschwörung, deren Aufflammen auch Charles I. noch überall witterte, selbst im abgelegenen Nordfriesland. Er hoffte, Richie würde bald wieder auf dem Posten sein, denn er hatte vorgehabt, höchstens ein, zwei Woche an Augustas Hof zu bleiben. Es zog ihn nach Hause, zu Lorna, Lizzy, Daisy und dem kleinen Caleb, der ihm den Abschied mit seinen Kullertränen besonders schwer gemacht hatte.

Im Gasthaus Sankt Jürgen fand er den Freund in einem Lehnsessel am offenen Fenster sitzend vor. Dass der Kranke schweren Druck auf der Brust und Atemnot hatte, verhieß nichts Gutes, nachdenklich ließ John ihn in der Obhut der Schwestern zurück und hoffte, dass Beifusswickel und kalte Wadenumschläge ihre Wirkung taten.

Am nächsten Tag traf er gegen Mittag in Friedrichstadt ein und suchte umgehend das Haus des Organisten auf. Bendix Lorenzen begrüßte ihn mit einer herzlichen Umarmung und vielen Schulterklopfern. Herzogin Augusta hatte Bendix beauftragt, das musikalische Leben im neu gegründeten Friedrichstadt zu etablieren, insbesondere sollte er sich um die Auswahl und Aufstellung der neuen Orgel für die lutherische Kirche kümmern. Bendix' Frau bewirtete sie im Garten hinter dem Haus mit Zitronenwasser und kaltem Braten, dazu hatte sie frisches Brot gebacken. Nach dem Essen brachte sie zwei Meerschaumpfeifen und John lehnte sich behaglich zurück, er genoss die Ruhe unter den schattigen Linden. Eine Katze strich um Bendix' Beine, er nahm sie hoch und beugte sich ein wenig vor, mit gedämpfter Stimme sagte er: „Weißt du eigentlich, dass die Herzogin immer wieder einmal Liebhaber hat? Ich habe es von Mogens gehört, er hat es mir hinter vorgehaltener Hand erzählt, als ich kürzlich zum Rapport aufs Schloss gerufen wurde." John lachte, gleichzeitig fuhr ihm eiskalter Schrecken durch die Glieder. Was, wenn die hohe Frau ein Auge auf ihn warf? Lorna hatte ihm oft genug gesagt, dass er ein besonders gutaussehender Mann war. Er hatte die schwarzen Augen, das schwarze Haar und den leicht olivfarbenen Teint seiner normannischen Vorfahren, seit einiger Zeit ließ er sich den Bart stutzen, sodass zwischen den Mundwinkeln und dem Kinn kleine, verwegene Dreiecke entstanden waren. Kurz vor der Abreise hatte Lorna gescherzt: „Johnny, leider muss ich dir heute Nacht im Schlaf den Bart abscheren, du siehst einfach zu gut aus. Die Frauen auf dem Kontinent wären blind, wenn sie dich jemals zu mir zurückkehren ließen." Er hatte gelacht und sie sanft in den Busen gekniffen, hatte sie geküsst und an sich gedrückt, bis sie nach Luft schnappte. Lorna war die einzige Frau, die er liebte, sie war die Mutter seiner Kinder, die Muse seiner Kunst, die Königin seines Herzens, auch wenn er noch so hochgestellten Damen dienen musste. Und doch: Wie weit würde seine Loyalität zum Duke of Buckingham und zu seinem König reichen, was sollte er tun, wenn Augusta ihn in ihre Privatgemächer bestellte? Wie von ferne drang Bendix' Stimme an sein Ohr.

„Man kann ihr Betragen frivol und unchristlich finden, aber die Menschen hier in Nordfriesland lieben ihre Herzogin Augusta, sie ist gerecht, hilfsbereit, wissbegierig und kunstsinnig. Wir dürfen uns den Engstirnigen nicht anschließen und über sie urteilen, John. Unbestritten ist sie schön, unabhängig und viel zu jung Witwe geworden, wer wollte ihr verdenken, wenn sie sich ab und zu einmal mit einem Gespielen amüsiert?" Bendix hatte gut reden, mit seiner Glatze, den Tränensäcken und dem fassartig gewölbten Bauch würde er niemals das Interesse der Herzogin auf sich ziehen.

„Zeig mir die neue Stadt, Bendix, ich möchte mir alles ansehen. Die Straßen, Häuser, Kirchen. Wie viele Religionsgemeinschaften habt Ihr inzwischen hier?"

„Friedrichstadt ist erst zur Hälfte fertiggestellt, lieber John. Bis jetzt sind Lutheraner hier, einige dieser neuen Schwarmgeister, die den Lehren Caspar Schwenkfelds folgen, und vor allem Remonstranten. Sie sind aus Holland gekommen, Herzog Friedrich schwört auf ihre Kenntnisse in der Landwirtschaft, der Milchverarbeitung, dem Deich - und Städtebau. Schau mal, sind diese Häuser mit den Treppengiebeln nicht einzigartig schön?" Von Katholiken hatte Bendix nicht gesprochen, und dabei waren es doch genau die, für die John sich interessierte. Er musste genau hinsehen und so viele Einzelheiten wie möglich in Erfahrung bringen, unter jedem denkbaren Einsatz. Zu groß war die Angst des Duke of Buckingham, die neuen Stadtgründungen könnten den Papisten Deckung bieten und eines Tages würden sie im Hafen von Tönning in See stechen, über England herfallen und Charles I. vom Thron stoßen. Er war sich seiner Verantwortung bewusst, doch als er sich auf den Rückritt machte, schien sein Pferd wesentlich langsamer zu traben als auf dem Hinweg, als fürchte auch das Tier sich vor der Aufgabe, die in Husum möglicherweise auf ihn wartete.

Als er am Sonntag nach dem Gottesdienst die Schlosskirche verließ, steckte Hippolita ihm ein Billet zu: Die Herzogin erwartete ihn am Abend gegen acht Uhr im Rittersaal im Obergeschoss des Schlosses. Für einen Augenblick tanzten die Buchstaben vor

Johns Augen, dann dankte er Hippolita artig und steckte das Kärtchen ein.

„Ich werde da sein. Pünktlich, versprochen." Dass die Kammerfrau ihm anzüglich zuzwinkerte, verstärkte das Missbehagen in seiner Brust. Doch er hatte keine Wahl.

Wenige Minuten vor acht stieg er die breite, geschwungene Treppe zum ersten Stock des Schlosses hinauf, seine Laute und die Noten für das neue Lied unter dem Arm. Die Flügeltüren standen weit offen, die Herzogin lehnte an der Stirnseite des Raumes an einem ihrer mit kunstvollen Alabasterreliefs geschmückten Kamine. Beinahe wäre John wie angewurzelt stehengeblieben, er musste sich zwingen, voranzuschreiten. Da stand die Herzogin in einem blassgrünen, golddurchwirkten und mit Tüll eingefasstem Kleid, um den Hals die gefältelte Krause, die Hände unter der Brust übereinandergelegt, auf dem Kopf ein Diadem aus Spitze,

Perlen und Silber - ein Abbild seiner früheren Königin, der Virgin Queen, Elizabeth I. „Meister John Dowland!", rief Augusta viel zu laut durch den Saal, in dem außer einigen Bediensteten niemand war. In der Mitte war der lange Tisch für zwei Personen gedeckt, Kerzen flackerten, als er über das federnde Parkett schritt, Wein funkelte in der kristallenen Karaffe, vor den beiden Gedecken standen Trinkgefäße aus zerbrechlichen, in Silber gefassten taubengroßen Seeschnecken, in die Perlmuttoberfläche waren Arabesken und kunstvolle Blüten graviert. So viel Pracht, nur für ihn. Johns Magen machte einen Satz. Nichts hätte er lieber getan, als auf dem Absatz umzukehren und sich in sein Zimmer zurückzuziehen, Küchendämpfe konnten ihn nicht so schrecken wie die unergründlichen Absichten dieser Frau, die es gewohnt war, sich zu nehmen, wonach sie verlangte.

Nachdem sie ihn begrüßt hatte, zeigte Augusta auf den Kamin. In der Mitte des Frieses trug er das Wappen der Herzogin, links davon erkannte John ein Medaillon mit der Göttin des Glücks, Fortuna, ein Bildnis auf der rechten Seite zeigte eine weibliche Figur als Symbol des Unglücks. „Sehen Sie die Inschrift am oberen Fries? Lesen Sie bitte laut vor." Mit gefasster Stimme las John: „ALLES WIE ES GOTT GE-FÄLLT", an der unteren Seite ging es weiter: „GLÜCK UND GLAS WIE BALD BRICHT DAS".

„Mein Motto", lachte Augusta, löste sich aus der starren Haltung und ging zum Tisch. John folgte ihr, setzte sich auf den ihm zugewiesenen Platz. Augusta gab einem der Lakaien ein Zeichen, woraufhin er herbeieilte und die Gläser füllte. Der Rotwein sah schwer und teuer aus, John nahm sich vor, so wenig wie möglich zu trinken, notfalls eine Magenverstimmung vortäuschen. Nach dem Essen brachte Hippolita die Laute der Herzogin und sie begann zu spielen. John war ehrlich erstaunt, sie hatte Fortschritte gemacht. Er lobte ihr einfühlsames Spiel und bat sie, fortzufahren. Eine Saite zerriss, Augusta stieß einen kleinen Schrei aus und blickte hilflos zu ihm auf. Ihre Augen glänzten, sie hatte zu viel getrunken. „Meister John, wie gut, dass Sie bei mir sind. Retten Sie mich und mein Spiel." Er stand auf und trat vor sie, beugte sich über das Instrument und versuchte, die Saite durch die dazugehörige Öse zu schieben. Sein Herz setzte aus, als er Augustas Hand in seinem Gesicht fühlte, sanft kraulte sie mit den behandschuhten Fingern seinen gestutzten Bart. Hätte er doch auf Lorna gehört. „Hoheit?" Er wagte nicht, sich zurückzuziehen, sondern arbeitete schwitzend weiter. Erst nach dem dritten Versuch ließ die widerspenstige Saite sich festziehen, er stimmte das Instrument und die Herzogin spielte weiter.

Nachdem sie gegessen hatten, ließ Augusta ein Spielbrett bringen und sie begannen mit einer Partie Dame. Allmählich entspannte John sich, beim Spielen musste auch die Herzogin sich konzentrieren und hatte nicht so viel Zeit für unnötiges Gerede, small talk, wie Lorna und er es nannten. Der Alkohol tat seine Wirkung und wenn John vom Spielbrett aufsah, schien es ihm, als ob die Hirsche unter der hohen Decke ihre Geweihe schüttelten, lachten sie ihn aus oder warnten sie ihn?

Von nun an fand er sich jeden Tag eine Stunde vor der Abendmesse im Stadthaus ein, um Augusta Lautenunterricht zu geben. In der Mitte der Woche traf die Kutsche mit den Bestellungen aus England ein, Augusta quittierte ihm den Erhalt der gewünschten Artikel. Lange ließ sie ihre Hand mit dem Herzring auf dem Dokument ruhen und sah ihn dabei unverwandt an. Dann fragte sie, wann er ihr endlich das neue, für sie geschriebene Lied vorsänge. Er fand keine Ausrede mehr, griff zu seiner Laute und begann:

„Who ever thinks or hopes of love:
Or who belov'd in Cupid's laws doth glory:
Who joys in vows, or vows not to remove:
Who by this light-god hath not been made sorry:
Let him see me eclipsed from my sun,
With dark clouds of an earth quite overrun."

Als der Blick der Herzogin ihn traf, hätte er ihr gern gesagt, dass seine Sonne Lorna hieß, aber er musste schweigen. Durfte nur singen.

Am Abend schrieb er in seinem Zimmer an dem Bericht für den Duke. Nein, der treue Wächter seines Königs brauchte sich nicht vor einer Zusammenrottung von Katholiken

in den neuen Städten des Gottorfer Herzogs
zu fürchten, die Holländer mit ihren protes-
tantischen Überzeugungen waren keine
Bedrohung für Charles I. Er fasste sich kurz
und tropfte bald den Siegellack unter die
Zeilen. Dass er eine neue, dem heimatli-
chen Geheimdienstler bis jetzt noch gar
nicht bekannte Gefahr sah, teilte er dem
Duke of Buckingham erst einmal nicht mit.
Anna Ovena Hoyers, die Bürgerstochter,
die offensichtlich von der Herzogin prote-
giert wurde. Was hatte es mit ihr auf sich,
welches Geheimnis verband Augusta und
Anna?

Aufreizend schien der Mond vom mitt-
sommerlich hellen Himmel in seine düstere
Stube. John verschloss sein Schreibzeug,
verließ das Schloss und wanderte durch den
gepflasterten Innenhof, über die Brücke,
unter den Linden und durch den Schloss-
gang mit den einander gegenüber kauern-

den Häusern in die Stadt hinein. Er überquerte den Marktplatz, auf dem noch reges Treiben herrschte. Es wurde zwar nicht mehr gehandelt, inzwischen ging es auf zweiundzwanzig Uhr zu, aber auf den Stufen der Marienkirche lagerten junge Männer und plauderten, halbwüchsige Kinder trieben Reifen und Stoffbälle vor sich her. John bog in die Krämerstraße ein und hatte wenig später den Hafen erreicht. Hier hörte er Lärm aus verschiedenen Spelunken, er betrat die erstbeste und setzte sich an einen freien Tisch. Für einen Augenblick trat Stille ein, die Husumer Fischer und Viehhändler, Bauern und Schuhmacher bekamen selten Besuch von einem „vom Schloss". Alle Köpfe wandten sich nach ihm um, er wünschte einen guten Abend in die Runde und bestellte ein Bier. Gleich darauf summte das Geplauder wieder und nach dem dritten Bier kam er mit dem Kirchendiener ins Gespräch, der sich als Hauke Knudsen vorstellte und äußerst redselig war. Als John nach Anna Ovena Hoyers fragte, sprudelte es nur so aus dem Mund des Rechtgläubigen hervor: „Wollt Ihr wirklich wissen, was die ist? Ein Freigeist, sag ich Euch, eine sittenlose Dirne, gottlose Teufelsanbeterin."

„Hängt sie denn dem papistischen Glauben an?"

„Wenn es das nur wäre! Viel schlimmer. Sie läuft den Irrlehren des Caspar Schwenkfeld nach. Grauenhaft, wenn Ihr mich fragt, Satanswerk." Er schüttelte sich und einige Tropfen aus seinem Bart trafen John. Unauffällig wischte er mit dem Handrücken über sein Kinn.

„Nun spannen Sie mich nicht so auf die Folter. Worum geht es?"

„Wenn man es noch dürfte, würde ich mich jetzt bekreuzigen. Ich schildere Euch die wirren Ansichten dieser Verblendeten nicht gern, aber wenn Ihr unbedingt wollt. Die Schwenkfeldsche Lehre sagt, dass der

Mensch in direkter Verbindung zu Gott steht - ein Priester ist da nicht mehr notwendig. Stellt Euch das mal vor - das Ende des Priestertums! Gar nicht auszudenken." John bluffte. „Allerdings ein äußerst abwegiger Gedanke. Was das wohl alles nach sich zieht."

„Eben", eiferte sich der Mann, „es kommt noch schlimmer. Sie nennen sich untereinander Brüder und Schwestern, wollen keinen Standesunterschied, keinerlei Obrigkeit anerkennen und lehnen weltlichen Besitz ab, sie teilen alles, buchstäblich ALLES. Anna Ovena Hoyers hat so viel aus ihrem reichen Erbe an ihre Gesinnungsfreunde verschenkt, dass sie sich verschuldete und der Herzogin ihr gesamtes Land sowie die dazugehörigen Häuser verpfänden musste." Jetzt verstand John die Szene in der herzoglichen Amtsstube im Stadthaus, Annas Tränen, das betretene Gesicht des Pastors.

„Es wird gemunkelt, dass sie sogar die Ehe

abschaffen wollen. Sodom und Gomorrha nenn ich so was!" Der Küster fuchtelte aufgeregt und stieß dabei die Kerze auf dem Tisch um. Ein Aufschrei ging durch die verrauchte Wirtsstube, John sprang auf, zerdrückte den Docht, der in einer Wachslache auf der Tischplatte flackerte, und die Gesellschaft beruhigte sich wieder. Aber der Wirt schien genug zu haben, wenig später verkündete er die Sperrstunde, John bezahlte und machte sich auf den Heimweg, nicht ohne zuvor den volltrunkenen Küster bis an die Tür seines Hauses neben der Kirche zu bringen und der Obhut seiner kopfschüttelnden Ehefrau zu übergeben.

Als er in seinem Bett lag und den Rufen des Käuzchens im Schlosspark lauschte, überlegte er, ob er aufgrund der Erkenntnisse dieses Abends Husum nicht ebenso gut gleich verlassen konnte. Doch er hatte noch keine letzte Sicherheit. Die Umtriebe der Anhänger des Caspar Schwenkfelds konnten durchaus ein Deckmantel für eine katholische Verschwörung sein. Er musste bleiben, auch wenn er sich täglich mehr nach Lorna und den Kindern sehnte und ihm vor den lockeren Sitten der Herzogin graute.

Eine Ewigkeit schien vergangen zu sein, seit John die Mittsommernacht am Hof seiner Königin gefeiert hatte, sein Herz wurde warm, als er an diese Nacht zurückdachte. Wie im Traum hatten Lorna und er sich gefühlt, tagelang hatte sie von nichts anderem gesprochen als von den Ballkleidern, dem Schmuck, dem Essen und den verschiedenen Sprachen, die sie am Hof der Virgin Queen gehört hatten.
Aber auch Herzogin Augusta hatte sich einiges einfallen lassen, der Festsaal im ersten Stock des Schlosses war in die Halle eines Märchenschlosses verwandelt worden. Unter der Decke hing ein von innen

beleuchteter Mond aus Papier, der beinahe ebenso hell strahlte, wie der echte Vollmond draußen über dem Schlosspark. Die Wände waren mit blauseidenen Tüchern behängt, von denen Sterne und geschweifte Kometen auf die Gäste herniederfunkelten, die Tuchbahnen waren über und über mit Jasminblüten besteckt und auch auf den Tischen standen die Zweige mit den weißen Blüten in kristallenen Vasen und erfüllten den Raum mit ihrem betörenden Duft. Sowohl die Sitzmöbel entlang der Wände als auch die Tanzfläche waren mit silber- und goldfarbenem Konfetti bestreut. Nachdem die Gäste an der großen Tafel gespeist hatten, wurde der Tisch an die Wand geschoben und mit reichlich Moselwein, Bier, Portwein und Himbeerlikör bestückt. Die Herzogin winkte John zu sich heran, die Umstehenden bildeten eine Gasse, um ihn durchzulassen. „Meister Dowland, mein guter Musikus, Sie haben uns bereits mit einigen Liedern erfreut. Nun trinken Sie ein Glas mit mir und sagen Sie mir, ob Ihnen das Fest gefällt."

„Auf Euch, Hoheit!" John erhob sein Glas und alle tranken auf Augustas Wohl.

Wenig später eröffnete sie den Tanz, in langsamen Schreitschritten bewegten die Männer und Frauen sich in Pavanen und Gaillardentänzen durch den Saal. Die Herzogin forderte John auf, mit ihr zu tanzen. Viel lieber wäre er auf der Musikertribüne geblieben, schweren Herzens nahm er ihre Hände. Während Augusta und er umeinanderkreisten, beobachtete er aus den Augenwinkeln Anna, die an diesem Abend gelöst und glücklich herumwirbelte, mal mit Mogens, mal mit Hippolita oder einem der vielen auswärtigen Tänzer.

Nachdem alle ins Schwitzen gekommen und die Luft im Ballsaal dick wie Seenebel geworden war, ordnete die Herzogin eine Pause von einer Stunde an, danach sollte es mit Maskeraden und Balletvorführungen weitergehen.

John trat auf Anna zu und fragte, ob sie mit ihm in den Garten gehen wollte, ein wenig Abkühlung würde guttun. Mit Schrecken fing er Augustas wutfunkelnden Blick unter ihren zusammengezogenen Brauen auf, es schien ihr nicht zu gefallen, dass er sich für Anna interessierte.

Die Wege im Park waren nur vom flackernden Schein hoher Fackeln erleuchtet, John bot Anna seinen Arm und langsam gingen sie zum Fischteich hinunter. Sein Versuch, die junge Frau nach ihren religiösen Vorlieben zu befragen, glich dem Öffnen eines Bienenstocks: Die Worte sprudelten nur so aus ihr hervor. Je länger sie sprach, desto mehr verdichtete sich in ihm die Gewissheit, dass sie für seinen König keine Gefahr war, möglicherweise aber für ihre eigene Herrschaft, die Herzogin und den Herzog von Schleswig-Holstein-

Gottorf. Anna sprach von Satans eigenem Samen, der so manchem Pfaffenknecht ins Auge gefallen war und den Blick aufs Evangelium und die Worte Jesu' verstellte. Sie sprach vom „Geist Christi", der in jedem Menschenherz lebte und webte, sie äußerte Kritik am reichen Leben des Adels und der kirchlichen Würdenträger, sprach von Gerechtigkeit und dem Reich Gottes auf Erden, das kommen würde, wenn die Menschen sich gemeinsam der Herrschaft einiger weniger widersetzten. John war beeindruckt von der Klarheit und Entschlossenheit, mit der Anna ihre Überzeugungen vortrug, doch hatte sich ihm die Bedeutung der umstürzlerischen Thesen noch nicht ganz erschlossen. Gerade, als er tiefergehende Fragen stellen wollte, kam Hippolita herbeigelaufen und forderte die beiden auf, sofort in den Ballsaal zurückzukehren: Die Vorführung der Maskerade hatte bereits begonnen, danach würden Balletttänze dargeboten werden und zum Abschluss der Mittsommernacht sollte John noch einmal mit dem eigens für diesen Abend zusammengestellten Ensemble spielen. Die Herzogin hatte bereits nach ihm gefragt.

Bendix Lorenzen spielte das Cembalo, zwei andere Musiker bedienten die Gamba da Viola, es gab noch einen Geiger und ihn, John Dowland, an der Laute. Obwohl die Gesellschaft nach all dem guten Essen, dem Wein und den Tänzen ermattet zu sein schien, klatschten die Zuhörer laut und wollten immer mehr. Zu guter Letzt spielte John allein, er wusste selbst nicht, was über ihn gekommen war, vielleicht hatte er zu viel getrunken, aber plötzlich hörte er sich ein Lied singen, das bislang nur Lorna kannte.

„Awake, sweet love.

Only herself hath seemed fair,

She only I could love,

She only drove me to despair,

When she unkind did prove.
Despair did make me wish to die,
That I my griefs might end,
She only which did make me fly,
My state may now amend."
Als der letzte Ton verklang stand die Herzogin auf und begann, zu klatschen, die Blicke aus ihren Augen trafen ihn wie Silberpfeile, er verbeugte sich immer wieder, auch noch, als der Applaus aller durch den Saal brandete und kein Ende zu finden schien.

Am nächsten Tag wachte John erst gegen Mittag auf. Er hatte Kopfschmerzen und sein Magen drehte sich. Das Frühstück, das ihm einer der Küchenjungen wie jeden Morgen vor seine Tür gestellt hatte, ließ er unberührt und trank nur eine Tasse schwarzen Kaffees. Er wusch sich mit eiskaltem Wasser und zog sich mit schleppenden Bewegungen an. Immer wieder sah er die

Herzogin vor sich. Mit viel Geschick hatten die Hofdamen ihre leicht füllige Gestalt durch das enge Mieder ihres Kleides, die gefältelte Halskrause sowie die Juwelen und das Diadem in ihrem Haar in ein gefälliges Bild verwandelt, aber was ihm besonders vor Augen stand, war der Blick, mit dem sie ihn angesehen hatte. So viel Geheimnis, so viel Verheißung. Doch genug! Er schüttelte sich und steckte einige Gebäckstücke sowie etwas Käse in seine Umhängetasche und verließ sein Zimmer. Mit leichtem Schwindel und immer noch rumorendem Magen lief er am Stadtrand entlang durch die selbst in diesen heißen Tagen feuchten Wiesen bis an den nordwestwärts gelegenen Geestrand, das schimmernde Meer lockte ihn. Als er an der schilfigen Küste ankam, setzte er sich ins struppige Gras und aß das Proviant, trank dazu Wasser aus der Feldflasche, wenn es auch inzwischen lauwarm geworden war. Hier draußen war es friedlich. Auf den Salzwiesen im Vorland blökten die Lämmer, eine Lerche trällerte hoch über seinem Kopf. Er trat nahe ans Wasser und beobachtete eine Seerobbe, sie spielte im flachen Wasser und blickte ihn mit großen Augen an, als könne sie seine geheimsten Gedanken lesen. Verwirrt sah er über das Meer. Auf der anderen Seite war England. Da war Eastseaxe, seine Heimatstadt Harlow, sein Haus, Lorna, die Kinder. Was nur hielt ihn wie mit unsichtbaren Seilen zurück von dem Ort, an den er gehörte, an dem er zu Hause war? Was war los mit ihm, war es der Vollmond, der Jasminduft, oder hatte ihm am Abend zuvor jemand ein Aphrodisiakum in den Wein geträufelt?

Er stand auf, zog seine Kleider aus und lief ins Wasser. Das Schwimmen tat gut, schlagartig fühlte er sich wieder völlig nüchtern. Und wenn Augusta auch noch so sehr mit der Mittsommerdekoration um die

Wette geschillert hatte, er hatte einen Auftrag zu erledigen und nach getaner Arbeit
so schnell wie möglich nach Hause zurückzukehren. Sonst nichts.

Er sah nach der Sonne, sie hatte den Zenit
lange überschritten. Es wurde Zeit für den
täglichen Lautenunterricht, er musste seiner
Verpflichtung nachkommen. Beschwingt
wanderte er den einsamen Weg zum
Schloss zurück, begleitet nur von einigen
Möwen, die um seinen Kopf flatterten und
ihm Unverständliches zuriefen, fast klang
es, als lachten sie ihn aus.

Sie legte die Laute aus der Hand und fuhr
sich mit beiden Händen über den Kopf, ihr
hochgestecktes Haar hatte sich gelöst und
eine wellige Strähne fiel ihr ins Gesicht.
John stellte sich vor, wie er sie in dem
Haarturm auf ihrem Kopf feststeckte.
„John", sagte sie und atmete tief aus,
„manchmal bin ich meines Amtes so mü-

de."

„Wie ist das möglich, Hoheit? Die Menschen verehren Euch und Ihr habt alles, was das Herz nur begehren kann."

„Seid Ihr da sicher?" Nachdenklich sah sie ihn an. Dann zupfte sie einige Töne auf der Laute, stand auf und stellte das Instrument in die Ecke. Sie trat zum Fenster und sah über den Marktplatz. Sie stand leicht vorgebeugt, ihr schmaler Rücken sah verletzlich aus. „Ein Eiderstedter Bauer, Vetter und Glaubensbruder von Anna Ovena Hoyers, hat aus Barmherzigkeit ein Fuder Getreide nicht bei der Obrigkeit abgeliefert, sondern in die Husumer Fischersiedlung gefahren. Sofort kamen aus allen Häusern Frauen, Kinder und Männer und trugen so viel Korn nach Hause, wie jeder nur fassen konnte. Der Staller von Eiderstedt hat den Fuhrmann zu achtzehn Monaten Gefängnis verurteilt, er sitzt seit sechs Wochen unten im Schloss im Verlies. Ich habe meinem

Bruder, dem dänischen König geschrieben
und für den Bürger um Gnade gebeten.
Christian hat abgelehnt."

„Das tut mir leid. Hoheit, Ihr habt alles ver-
sucht, der Rest liegt in Gottes Hand."
Sie stampfte mit dem Fuß auf und fuhr herum, unwillkürlich trat John einen Schritt
zurück.

„Was hat Gott damit zu tun? Es sind die
Menschen, die Fehler machen."

„Vielleicht lenkt Ihr Bruder noch ein, er ist
doch kein Unmensch."

Wütend schüttelte sie den Kopf. „Für ihn ist
Oke Jansens Wohl und Wehe nur ein Fall
und weil er ein Mann ist, muss er bei jeder
Gelegenheit seine Überlegenheit statuieren.
Das Problem unter uns Menschen heißt
Macht. Wir sollten sie abschaffen, aber
wie?" Verblüfft dachte John an das Gespräch mit Anna im Schlosspark. Die Gedanken der Herzogin glichen Annas Frei-
heitsträumen aufs Haar.

„Was kann ich tun, Hoheit?"

„Spielt mir ein Freiheitslied vor." Sie ging zum Tisch zurück und setzte sich wieder, nahm eine Haarnadel aus ihrem brokatbestickten Beutel und steckte die lose Strähne fest.

John griff nach seiner Laute, verbeugte sich und begann zu spielen.

„What if a day, or a month, or a yeare
Crown thy delights with a thousand sweet contentings?
Cannot a chance of a night or an howre
Crosse thy desires with as many sad tormentings?
Fortune, honor, beauty, youth
Are but blossoms dying;
Wanton pleasure, doating love
Are but shadowes flying
All our joyes are but toyes
Idle thoughts deceiving;
None have power of an howre

In their lives bereaving..."

Beim Verlassen der Schlosskapelle sprach Anna Ovena Hoyers ihn an. „Bruder John, habt Ihr Zeit für einen Spaziergang? Ich hatte den Eindruck, Ihr interessiert Euch für die Lehre meines Meisters." Er sah sich um, die Herzogin war durch die Hintertreppe der Schlosskapelle in Richtung ihrer Gemächer verschwunden, auch Hippolita und Mogens waren nirgends zu sehen.
„Warum nicht, Bürgerin." Er bot ihr den Arm, sie verließen den Schlosshof und tauchten in den schattigen Park ein. Während sie im Laubengang flanierten, kam Mogens und reichte John ein Billett: Um 22.30 habe er sich in Augustas Turmzimmer einzufinden, sie wolle mit ihm speisen und eine Partie Dame spielen. Sein Herz setzte für einen Lidschlag aus. Was bedeutete das? Wieder stand ihr Bild in der Verkleidung als Königin von England vor ihm,

diese verführerische Illusion. Er fürchtete sich, ob vor Augusta oder sich selbst, hätte er nicht sagen können. Ohne Anna weiter zuzuhören begleitete er sie zu ihrem Haus im Westen der Stadt und kehrte nachdenklich in sein Zimmer zurück. Wie immer, wenn ihm etwas auf der Seele lag, tröstete er sich beim Lautenspiel und bald hatte er eine neue Komposition zu Papier gebracht: „Come again, sweet love ...“

Am Abend ging John in seinem Zimmer unruhig auf und ab. Die Herzogin hatte geschrieben, dass Mogens ihn zur gegebenen Stunde holen würde. Die Sonne war lange hinter dem Horizont versunken, aber immer noch war es taghell. Endlich klopfte es und der Kammerherr trat ein. Er gab John einen Kutschermantel und den dazugehörigen Hut mit der tiefen Krempe und wartete, bis John sich verkleidet hatte. Als John den Seitenflügel in Richtung Schlosshof verlassen wollte, schüttelte Mogens den Kopf und leitete ihn durch verschlungene Heckenwege im Schlosspark zum Dienstboteneingang auf der anderen Seite des Schlosses.

Scheinbar endlos eilten sie durch Kellergewölbe und kamen schließlich zu einer gewundenen geheimen Treppe, die ins Obergeschoss führte.

Oben angekommen flüsterte der Diener: „Klopft dreimal an diese Tür, dann wird Euch aufgetan." Er verschwand im Treppenschacht, John hielt einen Augenblick inne. Es gab keinen Ausweg, er musste vorwärts gehen. Mit beunruhigendem Prickeln in der Magengegend pochte er mit dem Fingerknöchel gegen das Holz. Eine Tapetentür öffnete sich und John fand sich im Privatgemach der Herzogin wieder. Das Turmzimmer war mit kunstvoll intarsierten Holzpaneelen gestaltet, auch die Bänke waren verziert, die Decke bemalt. Die Wände waren üppig bebildert, dazu gab es

Spiegel in goldenen, geschnitzten Rahmen und inmitten all dieser Pracht wartete Augusta am reich gedeckten Tisch. Grünes Dämmerlicht tränkte das Zimmer in eine traumhafte Atmosphäre, Kerzen flackerten. Sie trug einen langen Schlafpelz aus Fuchsfell, dazu eine Perlenkette und den Ring mit dem diamantenen Herzstein. Plaudernd aßen sie Wachteln und tranken Burgunder. Augusta gab den Ton an, sie erzählte lustige Anekdoten aus ihrem herrschaftlichen Alltag und erkundigte sich nach seiner musikalischen Tätigkeit, Fragen nach seiner Familie sparte sie aus. Immer wieder klang ihrer beider Lachen hell auf und John fühlte sich nach einer Weile wie ein Prinz in einem Märchenschloss, er dachte nicht an England, nicht an seinen König oder den Duke of Buckingham, auch nicht an Lorna und die Kinder. Er genoss den Wein und die gelöste Stimmung. Nach dem Essen bat die Herzogin ihn um ein Lied. Beinahe wie von selbst, ohne dass er es wirklich überlegt hätte, griff er zur Laute und spielte und sang für sie: „Come again, sweet love ...“ Als er geendet hatte, erhob Augusta sich, fasste seine Hand und zog ihn zu sich hoch. Der Pelz fiel zu Boden, sie stand vor ihm, wie Gott sie erschaffen hatte.

„Come, sweet love", flüsterte sie und Hand in Hand gingen sie zu ihrem Himmelbett.

In der Nacht erzählte sie ihm von Anna: Augustas Bruder, Christian IV. von Dänemark, würde Anna lieber heut als morgen ins Verlies werfen oder sogar dem Henker überantworten, weil sie dem mystischen Glauben von Caspar Schwenkfeld nahestand und den orthodoxen lutherischen Glauben ablehnte. Aber da Annas Schwiegervater als der illegitime Sohn von Augustas Urgroßvater Friedrich I. von Dänemark galt, hielten Augusta und ihr Sohn Friedrich III. von Schleswig-Holstein-

Gottorf ihre Hand über sie. Schlagartig wurde John klar, dass Anna Ovena Hoyers mit den Papisten nichts zu tun hatte. Es gab keine katholische Verschwörung in Nordfriesland. Er hatte seinen Auftrag erfüllt und sollte so schnell wie möglich nach Hause zurückkehren. Aber wollte er das wirklich? Zärtlich küsste er Augustas geschlossene Augen. Sie drehte sich im Halbschlaf um und schmiegte sich an ihn. Come again, sweet love.

Längst hatten die Vögel im Schlosspark ihren Morgenchor angestimmt und die Hähne krähten froh gestimmt um die Wette, als Augusta die Zugklingel bediente. Einen Lidschlag später klopfte Mogens an die Tür und brachte John auf demselben geheimen Weg, den er gekommen war, auf sein Zimmer zurück.

An diesem Tag brütete die Hitze schlimmer über Nordfriesland als in den vorhergegangenen Wochen. John wälzte sich bis in den frühen Nachmittag in unruhigem Schlaf. Immer wieder träumte er von Lorna, die sich in die Herzogin verwandelte und umgekehrt. Die Frauen zeigten mit den Fingern auf ihn und lachten ihn aus, er fühlte sich wie ein kleiner Junge, der nichts als „da da da" von sich geben konnte. Schließlich gab er auf und erhob sich. Nachdem er zu Bewusstsein gekommen war, ließen die verwirrenden Bilder von ihm ab. Ja, er hatte die Nacht im Schlafzimmer der Herzogin verbracht. Nein, er hatte es nicht gewollt, doch zu seinem Beschämen hatte er es genossen. Augusta war eine wundervolle Frau, sie war schön, klug und vollkommen unabhängig, dazu besaß sie Nachdenklichkeit und Einfühlungsvermögen - welcher Mann, der Herr seiner Sinne war, hätte sie nicht anziehend gefunden? Während er sich frisch machte, frühstückte und sich das leichteste Hemd anzog, das er in seinem Reisesack finden konnte, fiel ihm auf, dass er es plötzlich gar nicht mehr so eilig hatte, nach Hause zu kommen. Warum nicht bis zum Ende des Herbstes in Husum bleiben? Kurz bevor die Wege zu schlammig und die Stürme über dem Meer unberechenbar wurden, konnte er immer noch aufbrechen.

Am Spätnachmittag machte er sich auf den Weg in den Schlosspark. Mogens hatte ihm mitgeteilt, dass die Herzogin zum Kegeln einlud, und wenn sie „einlud", hieß es, dass man zu erscheinen hatte. Er wählte nicht den kürzesten Weg, sondern ging um das Schloss herum, an der Ostseite entlang. Unverwandt sah er zum Fenster des Turmzimmers hinauf, und, als hätte sie seinen sehnsüchtigen Blick trotz der Entfernung gespürt, erschien sie hinter dem Glas und hob eine rotbehandschuhte Hand zum Gruß.

Er fasste an sein Herz und verbeugte sich tief. Augusta lächelte. In seiner Brust regnete es Jasminblüten, in seinem Kopf mischten sich neue Akkorde mit dem Säuseln des Windes in den Linden, dem Lied der Singdrossel, mit der Erinnerung an die Stimme der Geliebten. Doch seine Träumerei wurde jäh von lauten Fanfarenstößen unterbrochen, auch das metallische Hufklappern eines galoppierenden Pferdes hörte er, es kam vom Schlosshof her. Ein Reiter, der in solcher Geschwindigkeit auf den Hof ritt, musste in einer äußerst wichtigen Obliegenheit unterwegs sein.

Wenig später erreichte John die Kegelbahn. Mogens forderte ihn zu einer ersten Runde auf, bevor die Herzogin und Hippolita eintrafen. Immer wieder brachte John alle Neune zu Fall, lachend rief Mogens aus, der Engländer müsse wohl in der besonderen Gunst Fortunas stehen. Als sie laute Rufe hörten, unterbrachen sie das Spiel und wandten sich um. Hippolita kam durch den Laubengang auf sie zu, sie raffte den Saum ihres Kleides, stolperte voran, lief beinahe. Atemlos stand sie vor John und Mogens, ihre Stimme überschlug sich.

„Die Herzogin - Schloss Plön - Dorothea – in guter Hoffnung - Schwierigkeiten - morgen." Mogens reichte ihr aus dem mitgebrachten Korb ein Glas Erdbeerwein und nachdem Hippolita getrunken hatte, beruhigte sie sich und gab weitere Einzelheiten preis. Dorothea von Schleswig-Holstein-Gottorf, Augustas viertes Kind, war schwanger. Doch nun gab es Komplikationen und der Leibarzt hatte strengste Bettruhe verordnet. Augusta würde am nächsten Morgen in aller Frühe aufbrechen, um ihrer Tochter zur Seite zu stehen. Die Depesche aus Plön sprach von ernsthaften gesundheitlichen Beeinträchtigungen der werdenden Mutter, demnach würde Augusta auf unbestimmte Zeit in Plön bleiben. Deshalb benötigte sie keinen weiteren Lautenunterricht, John war aufgefordert, sofort in die Heimat zurückzukehren.

Er schluckte, als er diese Worte hörte. Ausgerechnet jetzt, wo er Gefallen an seiner Lage gefunden hatte, änderte sie sich schon wieder. Wie die Musik, dachte er, auch sie kennt keine Beständigkeit, klingt immer wieder anders, immer wieder neu.

Panta rhei, wie bereits Heraklit gesagt hatte, alles fließt.

Hippolita eilte zurück in den Turm, um der Herzogin beim Packen zur Hand zu gehen. Mogens machte sich auf den Weg zu den Ställen, der Kutscher musste benachrichtigt werden und die notwendigen Vorbereitungen treffen. John ging langsam und nachdenklich auf sein Zimmer und warf seine wenigen Habseligkeiten in einen Reisesack. Lange saß er am Fenster und hoffte, Augusta würde ihn noch einmal ins Turmzimmer bestellen, er hätte sich gern verabschiedet. Aber niemand rief nach ihm.

Noch bevor er am nächsten Morgen aufwachte, klopfte Mogens an, steckte den Kopf durch die Tür und teilte ihm mit, dass die Herzogin ihn in einer halben Stunde im Stadthaus erwarte. Er warf sich ein wenig Wasser ins Gesicht, glättete sein Haar, zog sich an und ging mit großen Schritten in Richtung Stadt. Stieg die steile Treppe hinauf, immer zwei Stufen auf einmal nehmend. Augusta war allein. Im Reisekleid stand sie am Fenster und wandte sich um, als er eintrat. Er küsste ihre rot behandschuhte Hand, sie sah ihn aus verweinten Augen an.

„John, ich bin sehr traurig, nicht nur wegen der Sorge um meine Tochter. Dass wir uns so schnell trennen müssen! Doch das Schicksal fragt uns Menschenkinder nicht, Fortuna macht, was sie will." Sie nahm ihm das Versprechen ab, sie nicht zu vergessen und sprach von der Hoffnung, ihn bald wiederzusehen. „Lautensaiten reißen leicht, ich werde weitere Bestellungen nach England schicken. Eines Tages wirst du wieder hier bei mir sein, auferstanden wie der Phönix aus der Asche. Ich danke dir für die schöne Zeit, Gott schütze dich, John Dowland, Meister meines Herzens." Sie reichte ihm eine Ledermappe mit Briefen an den König und einige englische Höflinge, zog den Schleier über ihr Gesicht und ließ John stehen. Das letzte, was er von ihr wahrnahm, war das helle Klipp-Klapp ihrer Stiefelabsätze auf den Granitstufen der Treppe im Stadthaus, trostloser Rhythmus des Abschieds. Schon formten sich die ersten Zeilen eines neuen Liedes in seinem Herzen: „In darkness let me dwell, the ground shall sorrow be.

The roof despair to bar all cheerful light from me.

The walls of marble black that moistened
still shall weep.
My music hellish jarring sounds to banish
friendly sleep:
Thus wedded to my woes, and bedded to
my tomb,
O, let me living die, till death do come."

Mit dem Seesack über der Schulter stand er
in brütender Mittagshitze am Hafen von
Tönning und wartete auf die Abfahrt. Als er
das Schiff leicht in der Dünung dümpeln
sah, fielen die Ereignisse im Stadthaus der
Herzogin und im Husumer Schloss wie ein
gewitterschwerer Traum von ihm ab. Wie
der Phönix aus der Asche machte er sich
gerade, streckte den Rücken, warf seine
Arme zum Himmel hinauf und atmete die
helle Luft über dem Meer tief ein. Er freute
sich auf Eastseaxe, wo es immer etwas kühler war als auf dem Kontinent, freute sich
auf sein Heim in Harlow, auf Lorna, Daisy,

Lizzy und Caleb. Er würde ihnen die neuen Lieder vorspielen, die Mädchen würden tanzen, der Kleine auf seinen Speckbeinchen herumtapsen und Daddy bitten, ihn immer wieder auf seine Schultern zu heben.

Die Herzogin reiste nach zwei Monaten auf ihr Schloss zurück und erfreute sich im nächsten Frühjahr eines gesunden Enkelkindes. John kehrte nie nach Husum zurück, Augusta und er begegneten sich nicht wieder. Von einer in Nordfriesland ausgeheckten katholischen Verschwörung gegen das englische Königshaus hat man nie wieder etwas gehört, aber auf jeden Fall davon, dass Augustas Kammerherr Mogens von Plessen noch so manchen gutaussehenden Höfling die geheime Treppe zum Turmzimmer hinaufführte.